Mariou
Rosenmaid und Eichenfreund
Märchen aus dem Pflanzenreich

Für alle, die Geschichten lieben.

Mariou

Rosenmaid und Eichenfreund
Märchen aus dem Pflanzenreich

Bibliografische Information der Deutschen
Nationalbibliothek:
Die Deutsche Nationalbibliothek verzeichnet diese
Publikation in der Deutschen Nationalbibliografie,
detaillierte bibliografische Daten sind im Internet
über http://dnb.dnb.de abrufbar.

©2016 Marion Wiesler
Grafiken: Veronika Tanton
Herstellung und Verlag:
BoD – Books on Demand, Norderstedt

ISBN 978-3837080629

Inhalt:

Manche dieser zehn Geschichten entstammen vollständig meiner eigenen Feder, manche sind alte, weitverbreitete Märchen, die ich hier in der Variante wiedergebe, wie ich sie auf vielen Veranstaltungen erzähle.

Auch wenn jede Erzählung an Lebendigkeit verliert, wenn sie auf Papier festgehalten wird, so ist sie dafür für den Leser immer und überall ein Fensterblick in das Reich der Pflanzenwesen, nicht nur an meinen Erzählabenden.

"Man ist nie zu alt für eine gute Geschichte!"

Mariou

Kampf der Dürre

Es war einmal ein Sommer, ein richtig heißer Sommer. Seit Wochen hatte es nicht mehr geregnet und die Sonne brannte auf die Erde herab. Die Pflanzen litten Durst und sehnten den Regen herbei. Da fragte ein kleiner Frauenmantel ängstlich: "Was, wenn der Regen gar nicht mehr kommt? Wenn es auf ewig trocken und heiß bleibt? Dann müssen wir alle sterben!"

"Papperlapapp!", riefen die anderen Pflanzen, "Der Regen kommt immer!"

"Was, wenn nicht? Einmal ist immer das erste Mal!", meinte der Frauenmantel und begann zu weinen, dass die Tränen in seinen Blättern kleine Seen bildeten.

Da wurden die Pflanzen nachdenklich. Was, wenn nicht?

"Wir müssen kämpfen!"; rief die Brennnessel. "Wir dürfen uns nicht kampflos ergeben!" Und sie stellte ihre Brennhaare auf und ballte ihre Blätter zu Fäusten, dass den anderen Pflanzen ganz bange wurde.

"Blödsinn", antwortete der Efeu. "Wogegen kämpfen? Wenn du kämpfen willst, musst du einen Gegner haben. Also, du Schlaumeier, gegen wen? Und meinst du, dass der Regen es ernst nähme, wenn du da wie ein trotziges Kind Gift spuckst? Nein, wir müssen Würde bewahren. Seht mich an, ich bin vertrocknet und halb tot, aber nach wie vor ein Anblick, der seinesgleichen sucht. Würdevoll ranke ich mich die Wände hoch, als mangele es mir an gar nichts. Das beeindruckt den Regen."

"Hochmut ist eine Sünde", hüstelte die Ringelblume und senkte ihr Haupt. "Wir müssen Demut zeigen und unsere Sünden bereuen, dann wird der Regen uns gewiss gnädig sein. Wir zum Beispiel wissen, dass wir hochmütig waren, als wir unsere Köpfe wie Feuer leuchten ließen. Nun müssen wir dafür büßen und bereuen."

"Demut allein genügt nicht!", rief der Thymian. "Uns dem Regen zu Füßen werfen müssen wir, vor ihm im Staub kriechen, ihn mit erhobenen Händen anflehen, wieder zu kommen!"

"Das wird den Regen sehr beeindrucken, wenn wir uns im Dreck wälzen", meinte der Ampfer zynisch. "Ich sage immer, hilf dir selbst, dann hilft dir Gott. Seht mich an, ich bohre meine Wurzeln einfach noch tiefer in die Erde und komme so auch noch an die letzten Reste Wasser ran. Also von mir aus bräuchte der Regen noch lange nicht kommen. Und eben diese meine Unabhängigkeit, die beeindruckt den Regen! Er bewundert mich, und genau deshalb wird er wiederkommen."

"Wenn du meinst", sagte der Diptam. "Aber vielleicht ist dem Regen gar nicht bewusst, dass wir auf ihn warten, vielleicht ist er mit anderen Dingen beschäftigt und hat einfach auf uns vergessen. Man muss den Regen auf uns aufmerksam machen! Wir müssen duften, leuchten!" Und er gab so viel duftende Öle ab, dass er sich entzündete.

Und der Regen kam.

Und jede Pflanze war überzeugt, er war ihretwegen gekommen.

"Gewiss ist er gekommen, weil ich so traurig war und geweint habe", schniefte der Frauenmantel und wischte sich die Tränen aus den Augen.

"Blödsinn", fauchte die Brennnessel, "er kam, weil ich dafür gekämpft habe, jawoll, denn man kann auch für etwas kämpfen, lieber Efeu, nicht nur gegen!" Und sie spukte etwas von ihrem Brenngift durch die Gegend.

"Du beeindruckst mich nicht"; näselte der Efeu. "Denn ich weiß ganz genau, dass der Frühling gekommen ist, weil er von meinem würdevollen Leiden so angetan war."

"Ich sag immer noch, Hochmut ist eine Sünde", flüsterte die Ringelblume und hob ihr Köpfchen wieder. "Und ohne hochmütig sein zu wollen, ich bin sicher, dass der Regen kam, weil wir so demütig die Köpfe gesenkt haben."

"Eure Demut schön und gut", antwortete der Thymian, "aber habt ihr gesehen, wie wir um Gnade gefleht haben? Wie wir uns in den Dreck – jawohl, in den Dreck! - geworfen haben, unsere Hände gen Himmel gereckt? Also wenn das den Regen nicht hergeholt hat, dann weiß ich nicht!"

"Ihr liegt alle falsch", erklärte der Ampfer. "Er ist gekommen, weil er gesehen hat, dass ich auf ihn pfeife. Das konnte er nicht ertragen, das war es!"

"Meine Lieben, keine Diskussion! Ich habe so geleuchtet, dass er erst bemerkt hat, dass es Zeit ist zu kommen!", krächzte der Diptam mit rauchiger Stimme.

Und die Pflanzen begannen zu streiten, wer denn nun der Bringer des Regens, der Retter der Flora war.

Der Regen beobachtete die Pflanzen und lächelte sanft und still. Warum er wirklich gekommen war? Wir werden es nie erfahren.

Die Rosenmaid

Es war einmal ein Ehepaar, das wünschte sich so sehnlich ein Kind. Doch so sehr sie auch wünschten und was sie auch taten, sie bekamen einfach keines. Da betete die Frau eines Tages, Gott möge ihr doch zumindest einen Rosenstock schenken, um den sie sich wie um ein Kind kümmern könne. Und tatsächlich, als die Frau am nächsten Tag erwachte, da stand vor ihrer Haustüre ein kleiner Rosenstock in einem tönernen Topf.

Dankbar, dass ihr Gebet erhört worden war, kümmerten sich die Eheleute um ihren Rosenstock. Und der Stock gedieh prächtig, wuchs und wuchs, und der Topf wuchs wundersamerweise mit. Nach einigen Jahren hatte der Topf die Größe eines Wäschekübels erreicht und der Rosenstock war nun fast so groß wie ein Mensch. In diesem Jahr trug er die prächtigsten Blüten, die man je an einer Rose gesehen hatte. Sie waren nicht nur von zarter Pfirsichfarbe, sie dufteten auch atemberaubend gut.

Als die Frau eines Abends gerade den Rosenstock goss, kam ein Reiter vorbei. Es war der Prinz, der seinen abendlichen Spazierritt unternahm, um sich von den Sorgen des Prinzenlebens abzulenken. Er erblickte den Rosenstock und blieb stehen. Der süße Duft der Blüten drang in seine Nase und er fühlte, dass er diese Pflanze besitzen musste.

Er bot der Frau an, ihr den Rosenstock abzukaufen, doch sie lehnte zuerst ab, hatte sie ihr Rosenkind doch lieb gewonnen. Der Prinz bot mehr und mehr, und als die Summe höher war als alles Geld, das die Frau in ihrem Leben gesehen hatte, da willigte sie ein. Rasch eilte der Prinz zurück auf sein Schloss und schickte seinen Hofmeister mit dem Beutel voll Gold und einem Wagen zurück zu den Eheleuten, um den Rosenstock zu holen.

Das Gemach des Prinzen blickte geradewegs auf das Meer hinaus und der Prinz stellte den Rosenstock vor das große Fenster, damit er genügend Licht und Luft habe. Sorgsam goss er die Pflanze, erfreute sich an ihrem Duft und ließ sich sein Abendessen servieren. Er speiste abends und morgens immer allein in seinem Zimmer. An jenem Abend schloss er sich ein, um ungestört seine Rose betrachten zu können, und so war es den Dienstboten nicht möglich, die Essensreste abzuservieren. Als der Prinz müde wurde, legte er sich in sein seidenbezogenes Bett, eine Kerze bei seinem Kopf, ein Öllicht zu seinen Füßen, damit er bis zum Einschlafen seine Rose sehen konnte.

Wie war der Prinz am Morgen überrascht, als bei seinem Kopf das Öllicht und bei seinen Füßen die Kerze stand – und alle Essensreste verschwunden waren! Die Zimmertüre war ja von innen abgeschlossen und vom Fenster fiel die Burgmauer zwanzig Meter tief zum Meer ab. An jenem Abend sperrte er sich erneut mit seinem Nachtmahl ein und am nächsten Morgen war es dasselbe wie am Tag davor – Kerze und Öllicht vertauscht und die Essensreste verschwunden. In der dritten Nacht blieb der Prinz wach und lag wartend in seinem Bett. Da sah er im Licht der Öllampe, wie aus dem Rosenstock ein wunderhübsches Mädchen stieg. Sie setzte sich an den Tisch und verspeiste die Reste des Nachtmahls. Dann schlich sie an das Bett des Prinzen, betrachtete lächelnd sein Gesicht und wollte gerade zu der Kerze greifen. Da fasste der Prinz sie an der Hand.

"Wer bist du?"

Das Mädchen errötete und senkte den Kopf. "Ich bin die Rosenmaid, das Wunschkind meiner Mutter. Doch nun bin ich dein."

Von jener Nacht an ließ der Prinz immer reichlich zu essen bringen, er goss den Rosenstock jeden Tag und erfreute sich jeden Abend an der Gesellschaft der Rosenmaid. Sie liebten einander täglich mehr.

Einige Zeit darauf brach jedoch Streit mit dem Nachbarland aus und der Prinz war gezwungen, mit seinem Vater in den Krieg zu ziehen. Er übergab seiner Mutter den Schlüssel zu seiner Kammer und hieß sie, jeden Tag den Rosenstock zu gießen und jeden Abend reichlich Essen in sein Zimmer zu stellen. Zu allen anderen Zeiten sollte seine Kammer jedoch versperrt sein und niemand dürfe sie betreten.

Nun war der Prinz jedoch schon vor Längerem von seinen Eltern mit einer passenden Frau verlobt worden, und er hatte, seit er die Rosenmaid in seinem Zimmer beherbergte, seine Verlobte schwer vernachlässigt. Als er und sein Vater nun im Krieg waren, da beschlossen seine zukünftige Schwiegermutter und seine Verlobte, der Prinzenmutter einen Besuch abzustatten, um ihr Gesellschaft zu leisten. Nach dem Tee führte die Königin ihre Gäste durch das Schloss, um ihrer zukünftigen Schwiegertochter alles zu zeigen. Als sie bei der Kammer des Prinzen vorbeikamen, verlangte seine Verlobte, sein Zimmer zu sehen.

Die Königin zögerte, hatte sie ihrem Sohn doch versprochen, dass niemand seine Gemächer betreten würde.

"Ach bitte, liebste Schwiegermutter. Ich würde so gerne sehen, wie mein Bräutigam wohnt. Ganz kurz nur, liebste Schwiegermutter, er hat doch gewiss vor mir nichts zu verbergen."

Nun zögerte die Königin erst recht, denn die Tatsache, dass jeden Morgen die Teller leer gegessen waren, obwohl sich niemand im Zimmer befand, verwirrte sie doch schon seit einiger Zeit.

"Nein, er hat gewiss nichts zu verbergen, aber du weißt ja, wie junge Männer sind. Sie lieben es, Geheimnisse zu haben und ich schätze, er hat ein kleines Hündchen in seiner Kammer versteckt, wer weiß, vielleicht ist es sogar als Geschenk für dich gedacht."

"Oh keine Sorge, ich werde nichts verraten, dass ich es gesehen habe! Bitte, lasst mich einen Blick in seine Kammer werfen!"

Und weil die Königin ihre zukünftige Schwieger-tochter nicht beleidigen wollte, nahm sie den Schlüssel von der Kette um ihren Hals und reichte ihn ihr.

"Wir warten dann im Speisesaal auf dich, aber bleib nicht zu lange."

So öffnete die Verlobte des Prinzen die Türe und trat

ein. Just in diesem Moment saß die Rosenmaid am offenen Fenster und kämmte ihre langen Haare. Sie achtete nicht auf die Türe, sondern beugte sich zum Fenster hinaus, um ihren ausgekämmten Haaren nachzusehen, die ins Meer hinabwehten und sich dort in goldene Fische verwandelten. Als die Verlobte das hübsche Mädchen in der Kammer ihres Bräutigams sah, erfasste sie eine ungeheure Wut und sie stieß die Rosenmaid aus dem Fenster.

Die Rosenmaid stützte hinab, aufs tosende Meer zu. Es war jedoch gerade der Moment des Sonnenuntergangs und Sonne fing die Rosenmaid mit seinen langen Strahlen auf und nahm sie mit sich.

Am nächsten Morgen fand die Königin das Essen in der Kammer ihres Sohnes unangetastet und den Rosenstock welk. Sie ahnte gleich, dass sie ihre Schwiegertochter besser nicht in die Gemächer ihres Sohnes gelassen hätte. Doch was sollte sie tun? Sosehr sie sich auch bemühte, die Rosen blieben welk.

Bald darauf kehrten der König und der Prinz aus dem Krieg zurück. Sofort verlangte der Prinz den Schlüssel zu seiner Kammer und eilte hinauf. Wie war er entsetzt, als er die Rosen welk vorfand. Er wartete die ganze Nacht, doch seine geliebte Rosenmaid erschien nicht.

"Mutter!", verlangte der Prinz zu wissen, "Was ist mit meiner Rose geschehen?"

"Ich weiß es nicht, mein Sohn. Ich habe sie jeden Tag gegossen, wie du gesagt hattest, ich habe immer Essen in dein verlassenes Zimmer gestellt und mich gewundert, dass es jeden Morgen verschwunden war, bis -"

"Bis was, Mutter?"

Die Königin senkte den Kopf und erzählte, dass seine Verlobte hier gewesen war und verlangt hatte, dass sie das Zimmer des Prinzen sähe. Und dass sie es erlaubt hätte, um die Braut nicht zu beleidigen. Da ahnte der Prinz, dass etwas Schlimmes geschehen war, und er wurde schwer krank.

Seine Braut kam, doch er wollte sie nicht sehen. Er aß nicht, er trank nicht, sein Herz war gebrochen. Der König ließ die besten Ärzte kommen, doch keiner konnte dem Prinzen helfen.

Da, eines Morgens, als das erste Tageslicht durch das Fenster schien und der Prinz schwach und fiebrig auf den welken Rosenstock starrte, kam es ihm vor, als erblühten die Rosen erneut und als schwebe seine Rosenmaid auf den ersten Sonnenstrahlen ins Zimmer herein. Er hielt es erst für einen Fiebertraum, doch als der süße Duft ihrer Pfirsichhaut in seine Nase stieg, da wusste er, sie war zurück. Glücklich umarmten sich die beiden, eng umschlungen lagen sie auf dem Bett.

"Wo warst du? Was ist geschehen?", fragte der Prinz, von seinem Fieber befreit.

"Eines Tages kam eine fremde Frau in dein Zimmer, als ich gerade am Fenster meine Haare kämmte. Sie stieß mich ins Meer hinab, doch Sonne fing mich auf und nahm mich mit in das Haus seiner Mutter. Dort lebe ich seitdem, und täglich, wenn Sonne am Abend heimkehrte, habe ich gefragt, ob du zurück bist. Als ich erfuhr, dass du krank bist, da habe ich so lange gebettelt, bis Sonne mich hierher mitnahm. Doch Sonne will mich nicht bleiben lassen, sobald Sonnenuntergang ist, muss ich mit ihm zurück. Er sieht mich nun als seinen Besitz, da er mich gerettet hat."

"Oh, ich werde meine Verlobte ebenso aus dem Fenster stoßen, auf dass sie im Meer ertrinke! Sie verdient es nicht besser!"

"Tu das nicht, Liebster. Wer weiß, vielleicht ist sie uns noch nütze."

Und dann verbrachten sie den Tag in inniger Umarmung, bis sich der Himmel rot färbte und den Sonnenuntergang ankündigte.

"Wie kann ich dich zurückholen? Wo finde ich dich?" Der Prinz konnte es kaum ertragen, seine Geliebte erneut zu verlieren.

"Ich bin im Haus der Mutter von Sonne. Es ist der Ort der größten Dunkelheit, den es auf der Welt gibt, denn es war das Dunkel, das Sonne geboren hat. Doch nimm dich in acht, Liebster, mit Stärke wirst du Sonne und Dunkelheit nicht besiegen können."

Und sie erhob sich mit einem allerletzten Kuss, denn der letzte Sonnenstrahl des Tages leuchtete bereits zum Fenster herein.

Am nächsten Morgen staunten die Königin und der ganze Hofstaat nicht schlecht, als der Prinz aus dem Bett sprang und ordentlich zu essen verlangte. Nach ein paar Tagen war er wieder bei Kräften. Da ordnete er an, dass man sein Pferd bereit mache. Er nahm den wieder welken Rosenstock und trug ihn hinunter in den Hof. Seine Braut traf gerade ein, als er den Rosenstock auf sein Pferd band.

"Wo wollt ihr hin, liebster Gemahl? Ich vernahm, dass ihr genesen seid, und kam, auf dass wir gleich Hochzeit feiern. Ihr habt versprochen, mich nach dem Krieg zu ehelichen."

"Nun", sagte der Prinz und stieg auf sein Pferd, "ich muss weg, meine Rose retten. Ich kann erst heiraten, wenn mein Rosenstock wieder blüht."

Und er ritt davon.

Dem ganzen Schloss war klar, dass der Prinz nun wohl völlig verrückt geworden war. Seine Braut jedoch, die wollte ihn nicht so einfach ziehen lassen. Auch sie ließ ein Pferd satteln und ritt ihm nach, um ihn sofort zur Heirat zu zwingen, sobald sein Rosenstock wieder erblühte. Sollte er verrückt sein, wie er wollte, er war der Prinz und sie würde Prinzessin werden!

Der Prinz ritt in Richtung Norden, der Richtung der Finsternis, immer auf der Suche nach dem tiefsten Dunkel. Ihm hinterher, in angemessenem Abstand, seine Verlobte. Als der Prinz ans Ende er Welt kam, wo die Dunkelheit das halbe Jahr regiert, da sah er, dass sein Rosenstock anfing, zu erblühen. Er musste also ganz nahe bei seiner Geliebten sein! Und tatsächlich, mithilfe der Rosen fand er das Haus der Mutter von Sonne. Es war so dunkel, dass alle Kerzen der Welt nicht gereicht hätten, es zu erhellen.

Doch es war Tag, und Sonne war daher nicht daheim. Der Prinz wartete ab, bis die Mutter von Sonne in der Küche beschäftigt war, dann schlich er ins Haus. Er folgte dem Pfirsichduft und fand seine Rosenmaid in einer Ecke sitzend und aus den Nebeln der Nacht feinstes Garn spinnen.

Groß war die Freude, doch sie mussten leise sein und durften sich nicht verraten.

"Oh Liebster, du bist in großer Gefahr! Sonne kommt bald nach Hause, und wenn er dich findet, dann wird er dich vor Eifersucht verbrennen."

Sie wussten, dass sie nicht fliehen konnten, denn Sonne beherrschte den ganzen Erdenball. Doch der Prinz hatte bereits einen Plan.

Rechtzeitig, ehe Sonne heimkehrte, verließ er das Haus wieder. Er nahm sein Pferd und ritt die kurze Strecke zurück, bis zu jener Lichtung, auf der seine Verlobte ihr Lager aufgeschlagen hatte. Sie war überrascht, dass er sie entdeckt hatte, doch glücklich, als er sie in seine Arme nahm.

"Ich bin am Ziel", sagte der Prinz. "Hier ist der Ort, wo meine Rose erblühen kann. Und wenn sie gerettet ist, dann kann ich heiraten. Doch ich brauche deine Hilfe. Denn meine Rose kann nur gerettet werden, wenn du von Sonne erleuchtet wirst. Dazu musst du dich des Nachts, wenn Sonne schläft, ins Dunkel des Hauses schleichen und zu Sonne ins Bett legen. Dann bist du erleuchtet, meine Rose blüht und ich kann heiraten."

Seiner Verlobten fiel nicht auf, dass der Prinz nie

sagte ”dich heiraten“, und so stimmte sie willig zu. Bald würde sie Prinzessin sein!

Der Prinz half seiner Verlobten, sich ins Haus zu schleichen. Sonne schlief bereits und in dem Moment, wo die Verlobte sich in seine Arme schmiegte, löste sich die Rosenmaid auf der anderen Seite aus der Umarmung von Sonne und stahl sich davon.

Sonne entdeckte nie den Unterschied, denn sein Licht war so gleißend, dass er in der Nähe soundso alles nur weiß strahlend sah, und im Haus von Sonnes Mutter war es so dunkel, dass auch sie nie erkannte, dass die Sonnenbraut nicht mehr die Rosenmaid war. Egal wie oft Sonnes Weib beteuerte, dass sie eine andere wäre, Sonne und seine Mutter hielten es nur für eine Lüge.

Die wahre Rosenmaid jedoch ritt eiligst mit ihrem Prinzen zurück, und die beiden lebten noch lange glücklich und zufrieden, inmitten eines prächtigen Rosengartens.

Drei Brüder

Es war einmal ein reicher Kaufmann in Bagdad, der hatte drei Söhne. Er selbst war arm geboren worden und hatte sich sein Vermögen durch sein Handelsgeschick selbst verdient, und so wollte er sein Geschäft demjenigen Sohn übergeben, der der beste Kaufmann war. Er gab jedem seiner Söhne 200 Goldstücke und schickte sie hinaus in die Welt, damit ihr Glück zu versuchen.

Die drei marschierten gemeinsam von zuhause weg, doch als sie zu einer Wegkreuzung kamen, da meinte der Älteste: "Es hat wohl keinen Sinn, dass wir zusammenbleiben. Besser wir trennen uns. Zu einer bestimmten Zeit wollen wir uns hier an dieser Kreuzung wiedertreffen und gemeinsam zu unserem Vater zurückkehren, damit er entscheiden kann, wer das meiste aus den 200 Goldstücken gemacht hat."

Und so trennten sie sich. Der Älteste nahm den Weg nach Osten, und er wanderte lange. Eines Tages kam er in eine große Stadt, und auf der Suche nach einer Idee für sein Vermögen streifte er über den Basar. Ach, was wurde da alles feilgeboten! Als er so die verschiedenen Waren begutachtete, fiel sein Blick auf eine Glaskugel, die auf einem der Tische lag. Neugierig griff er hin, da eilte auch schon der Händler auf ihn zu. Es war ein kleiner Mann mit lila Pluderhosen, einer orange Jacke und einem grünen Turban. "Oh, Herr, was für eine kluge Wahl!"

"Kluge Wahl? Diese schlichte Glaskugel?"

"Oh nein, Herr, dies ist keine schlichte Glaskugel, dies ist eine magische Kugel. Sie kostet 200 Goldstücke."

"200 Goldstücke?! Das ist mein ganzes Vermögen! Dafür muss diese Kugel wirklich zaubern können!"

"Nun, ihr werdet leicht mehr mit ihr verdienen. Seht her. Ihr müsst nur an einen Ort oder eine Person denken, von der ihr wissen wollt, was sie gerade macht. Schon wird euch die Kugel es zeigen."

Der älteste Kaufmannssohn nahm die Kugel in die Hand und er dachte an seine Schwester, die daheim beim Vater war. Und tatsächlich! Plötzlich erschien in der Kugel das Bild vom Garten seines Hauses in Bagdad, und er sah seine Schwester, die am Gartenzaun lehnte und mit dem Sohn der Nachbarin schäkerte.

"Sowas aber auch!", entfuhr es dem Kaufmannssohn.

Er zahlte dem Händler sein ganzes Geld, denn wahrlich, diese Kugel war Goldes wert. Nun könnte er als Kaufmann immer sehen, wie es seinen Schiffe auf dem Meer ging und wo die anderen Kaufmänner ihre Waren herbekamen. Denn gewiss würde sein Vater ihm das Geschäft übergeben, wenn er diese Wunderkugel nach Hause brachte.

Der mittlere Bruder war nach Süden gewandert, und auch er kam eines Tages in eine große Stadt. Auch er spazierte über den Basar. An einem der Stände wurden Teppiche feilgeboten, und so schön die meisten waren, auf unerklärliche Weise wurde der

Kaufmannssohn von einem alten, schäbigen Teppich angezogen. Als seine Finger über die Wolle strichen, erschien sofort der Händler. Er war klein, trug lila Pluderhosen, eine orange Jacke und einen grünen Turban. "Oh, Herr, was für eine kluge Wahl!"

"Kluge Wahl? Dieser schäbige alte Teppich?"

"Oh nein, Herr, dies ist kein gewöhnlicher Teppich, dies ist ein magischer Teppich. Er kostet 200 Goldstücke."

"200 Goldstücke?! Das ist mein ganzes Vermögen! Dafür muss dieser Teppich wirklich zaubern können!"

"Nun, Herr, ihr müsst euch nur auf den Teppich setzen und an einen Ort denken, zu dem ihr wollt. Schon seit ihr dort, denn dieser Teppich fliegt schneller als die Zeit."

"Also das muss ich ausprobieren, ehe ich es glaube."

Da lächelte der Händler entschuldigend. "Herr, ihr werdet verstehen, dass ich euch das nicht ausprobieren lassen kann – am Ende kommt ihr nicht wieder zurück, um den Teppich zu bezahlen! Aber wenn ihr wollt, so will ich für euch an einen Ort eurer Wahl fliegen und euch von dort etwas mitbringen, das beweist, dass ich dort war."

"Gut, so fliege in das Haus meines Vaters. Und bringe mir meine alten Sandalen, die unter meinem Bett stehen."

Der Händler stieg auf den Teppich, der Teppich erhob sich in die Lüfte – und war verschwunden. Wenige

Minuten später landete der Händler wieder vor dem Kaufmannssohn. "Verzeiht, dass es so lange gedauert hat, aber eure Schwester und ich konnten eure zweite Sandale nicht finden."

Da lachte der Kaufmannssohn, "Das beweist, dass du bei mir daheim warst, denn unter meinem Bett steht nur eine Sandale. Die zweite hat der Hund vor langer Zeit verschleppt."

Und er kaufte den Teppich. Oh, wie würde er damit erfolgreich sein! Kein langer Marsch der Karawanen durch die Wüste mehr, die edelsten Waren könnte er sofort besorgen! Nichts würde mehr auf den langen Wegen verderben, stets könnte er frisches Obst aus den entlegensten Gebieten anbieten. Gewiss würde ihm sein Vater dafür das Geschäft übergeben.

Der jüngste Bruder war nach Westen gereist, und auch er kam eines Tages in eine große Stadt, auch er ging am Basar spazieren. Bei einem der Stände wurde er von einer kleinen Glasflasche angezogen, in der eine dunkelblaue Flüssigkeit schimmerte. Kaum hatte er sie in die Hand genommen, erschien sofort der Händler. Er war klein, trog lila Pluderhosen, eine orange Jacke und einen grünen Turban. "Oh, Herr, was für eine kluge Wahl!"

"Kluge Wahl? Diese kleine Glasflasche?"

"Oh nein, Herr, dies ist keine gewöhnliche Flasche – das heißt, die Flasche ist es schon, doch der Inhalt ist ein magischer Trank. Es ist der Trank des Lebens, bestehend aus den wertvollsten Kräutern der Welt. Es hat viele Jahre gedauert, alle Zutaten zusammen zubekommen und auf die richtige, magische Weise aufzubereiten. In dieser Flasche befindet sich die geballte Kraft aller Heilkräuter. Der Trank kostet 200 Goldstücke."

"200 Goldstücke?! Das ist mein ganzes Vermögen! Dafür müsste dieser Trank aber wahrlich Tote erwecken können!"

Der Händler ging zum Nachbarstand und kaufte dort ein Huhn. Er nahm den Vogel und sein Messer und ratsch, schnitt er dem Federvieh die Kehle auf. Er wartete, bis das Huhn seine letzten Zuckungen gemacht hatte. Dann tropfte er einen Tropfen aus der kleinen Flasche auf das Tier – das Huhn beutelte sich und flatterte aufgeregt davon.

"Wahrlich", sagte der Händlersohn, "dieser Trank ist Goldes wert!"

Und er kaufte ihn.

"Bedenkt aber", rief der Händler ihm nach, "der Trank wirkt nur in den ersten zwei Stunden nach dem Tod, danach ist auch er machtlos."

Während alle drei Brüder auf dem Weg zurück zu ihrem Treffpunkt waren, ging die Kunde durch das Land, dass die Tochter des Sultans schwer krank sei. Wer auch immer sie heilen könne, solle sie zur Frau erhalten. "Wie schade", dachten da alle drei Brüder, "dass ich ein Kaufmann und kein Arzt bin."

Als sie einander nun trafen, da erzählte jeder, wie es

ihm ergangen war und natürlich sprachen sie auch über die kranke Sultanstochter – wie viel besser wäre es doch, Sohn des Sultans zu sein als Kaufmann! Zumal jeder wusste, dass die Tochter des Sultans bildhübsch war.

"Nun, wir können sie ja zumindest ansehen", sagte der älteste Bruder. Er nahm seine Kugel und warf einen Blick hinein. Doch was sah er da! Eben in diesem Moment machte die Sultans-tochter ihren letzten Atemzug!

"Brüder", sagte er traurig, "Es ist soundso zu spät. Sie ist soeben gestorben, nun hilft ihr auch kein Arzt mehr."

"Was?", rief da der Jüngste. "Oh, ich könnte sie zum Leben erwecken mit meinem magischen Kräuter-trank, wenn wir nur schnell genug dort sein könnten – doch der Weg ist viel zu weit."

Da grinste der mittlere Bruder. Sie stiegen alle drei auf den Teppich, und im Nu waren sie im Palast des Sultans.

Erst wollte man sie nicht einlassen, doch schließlich schafften die drei es doch, die Wachen zu überreden, sie zu der soeben verstorbenen Sultanstochter zu lassen.

Bleich und zart lag sie in ihren Kissen, umringt von den weinenden Klageweibern und dem schluchzenden Sultan. Zögernd machte man dem jüngsten Bruder Platz, dass er sich dem Bett nähern konnte.

Der jüngste Händlersohn träufelte der Toten etwas

vom Kräuterwasser des Lebens in den Mund und im nächsten Moment schlug sie ihre Augen auf, lächelte und setzte sich mit rosigen Wangen auf.

Wie waren da alle überglücklich! Der Sultan ergriff die Hände des jüngsten Bruders, schüttelte sie, umarmte ihn und drückte ihn an sich. "Du hast meine Tochter zurück ins Leben geholt! Oh, du sollst sie zum Weibe erhalten und mein Nachfolger werden!"

"Moment!", sagte da der älteste Bruder. "Verzeiht, Sultan, doch wenn ich in meiner magischen Kugel nicht gesehen hätte, wie eure Tochter ihren letzten Atemzug machte, wäre mein Bruder niemals hierher gelangt, um ihr seinen Kräutertrank einzuflößen! Somit war ich es, der sie gerettet hat!"

"Aber nein!", mischte sich der mittlere Bruder ein, "Hätte ich meinen Bruder nicht schneller als die Zeit mit meinem magischen Teppich hierher gebracht, hätte auch der Blick in die magische Kugel nichts genützt, denn dann wäre mein Bruder mit seinem Kräutertrank zu spät gekommen. Also hab ich sie gerettet!"

Da blickte der Sultan von einem Bruder zum anderen. Wer von ihnen sollte nun die Tochter erhalten? Er hatte nur eine Tochter, und er konnte sie nicht aufteilen. Da er ein weiser Sultan war, so ließ er sich von den Brüdern alles genau erzählen, und dann fällte er seine Entscheidung.

Und wer nun meint, der Sultan ließ seine Tochter entscheiden, der irrt. (Sie hätte den Jüngsten erwählt, denn es sind immer die Jüngsten, die die Prinzessin bekommen, und er hatte das netteste Lächeln.)

Denn der Sultan war ein weiser Mann und so wählte er, nachdem er die ganze Geschichte gehört hatte, als Schwiegersohn – den Händler mit den lila Pluderhosen, der orange Jacke und dem grünen Turban.

(Doch die drei Brüder erhielten zumindest einen Sack voll Gold und führten das Geschäft ihres Vaters zu dritt, denn ein Geschäft lässt sich ja, im Gegensatz zu einer Sultanstochter, aufteilen)

Die Bohne

Einst lebte hoch oben im Himmel, direkt über den Wolken, ein Riese. Er war wahrlich riesengroß und besaß ein prachtvolles Wolkenschloss, umgeben von einem wunderschönen Garten.

Eines Tages ging der Riese zu seinen Gemüsebeeten, um Bohnen anzusäen. Er liebte Bohnen, vor allem die großen, dicken. Während er voll Vorfreude auf das leckere Essen die Samen in die Wolken steckte, fiel ihm eine Bohne aus der Tasche, genau durch ein Loch in der Wolkendecke.

Die Bohne purzelte immer tiefer und tiefer, wurde vom Wind ein wenig herumgewirbelt und landete schließlich auf der Erde. Genau auf dem Kopf eines gelehrten Mannes, der gerade ein Schläfchen unter einem Apfelbaum hielt. Fälschlicherweise wurde später behauptet, ein Apfel wäre ihm auf den Kopf gefallen, was ihn zur Entdeckung der Schwerkraft gebracht hätte. War der Begriff der Schwerkraft den Menschen schon schwer nahe zu bringen, wie viel weniger hätten sie dem Wissenschaftler zugehört, wenn er behauptet hätte, eine riesengroße Bohne wäre aus dem Apfelbaum gefallen.

Der Wissenschaftler entdeckte also die Schwerkraft. Da er wegen der Beule auf seinem Kopf jedoch ein wenig böse auf die Bohne war, verkaufte er sie an einen Händler, der zufällig vorbeikam und ihm etwas Geld für diese Rarität bot.

Stolz präsentierte der Händler die Riesenbohne auf

seinem Marktstand, doch waren die Zeiten schlecht und keiner seiner Kunden konnte es sich leisten, die Bohne zu kaufen. Die Bohne war darüber sehr betrübt, denn in der prallen Sonne auf dem harten Holztisch zu liegen, behagte ihr gar nicht. Wie sehnte sie sich doch nach den weichen, feuchten Wolken und nach ihren Geschwistern, die gewiss alle bereits ausgetrieben hatten, während sie hier immer mehr einschrumpelte.

Eines Tages kam Jack am Markt vorbei, um seine Kuh zu verkaufen. Der Händler drehte dem Jungen die – seiner Meinung inzwischen wertlose – Bohne im Tausch für die Kuh an.

Stolz ließ die Bohne sich von Jack nach Hause tragen, endlich hatte sie ein neues Heim! Doch Jacks Mutter war mit dem Tausch ganz und gar nicht glücklich und warf die Bohne im Garten auf den Kompost, ehe sie Jack ohne Nachtmahl zu Bett schickte.

Erst war die Bohne beleidigt. Einfach weggeworfen hatte man sie! Doch dann merkte sie, dass der Komposthaufen wunderbar weich und feucht war. So weich und feucht wie eine Wolke. Aber mit viel mehr leckeren Nährstoffen. Das war ihre Chance. Die Sehnsucht nach ihren Schwestern und dem geliebten Himmel quälte die Bohne inzwischen so, dass sie beschloss, all die Nährstoffe zu nutzen, um bis zu ihren Schwestern nach Hause zu wachsen.

Sie saugte all die Feuchtigkeit, all das gute Essen in sich auf und schob vorsichtig ihre Keimblätter empor. Ihre Wurzeln entdeckten, dass der Boden noch viel tiefer reichte, als die dickste Wolke reichen konnte, und sie gruben sich immer weiter in das Erdreich hinein. Entgegen ihrem normalen, buschigen Wuchs, zwang die Bohne vor lauter Heimweh ihre Glieder, sich zu recken und zu strecken. Sie wollte keine dicke Bohne mehr sein, hier auf diesem unfreundlichen Planeten, sie wollte nur nach Hause, so schnell es ging!

Mithilfe all der Nährstoffe und ihrer Riesenkräfte entwickelte die Bohne eine Ranke dick wie ein Baum. Und sie wuchs und wuchs, immer der Sonne entgegen.

Als am Morgen Jack und seine Mutter in den Garten traten, trauten sie ihren Augen kaum! Vom Komposthaufen war nichts mehr zu sehen, dafür reichte ein grünes, dickes Gewächs bis fast in die Wolken hinauf. Alle Nachbarn standen schon neugierig um ihr Haus herum und besprachen diese Wunderpflanze.

"Es ist eine Himmelsleiter! Gottes Geschenk, dass wir uns den Engeln nähern können!"

"Man könnte von dort oben auf einen Regenbogen hüpfen und bis zum Goldtopf am Ende rutschen!"

"Man könnte die Sonnenstrahlen ernten!"

"Nein, man würde verbrennen, wie Ikarus, hast du denn gar nichts gelernt?"

So wurde lautstark diskutiert.

Jack legte den Kopf in den Nacken und blickte den langen, gedrehten Stamm hinauf.

"Was man wohl da oben findet?", überlegte er laut.

"Jack Spriggins!", rief seine Mutter empört, "Du wirst doch nicht in Erwägung ziehen, da hinauf zu klettern! Du wirst dir den Hals brechen!"

Jack grinste seine Mutter an. Dann nahm er seine Axt, schwang sich auf das unterste Blatt der Ranke und begann zu klettern, während seine Mutter vor Angst in Ohnmacht fiel.

Die Bohne streckte gerade ihre obersten Triebe durch die Wolkendecke, als sie spürte, dass etwas sie pikste. Sie entdeckte Jack, der an ihr entlangkletterte, indem er mit seiner Axt kleine Kerben in ihren Stamm schlug. Sollte sie ihn abschütteln? Ach, sollte er doch klettern, er war immerhin der einzige auf dem Planeten gewesen, der nett zu ihr war. Und da vorne sah sie gerade ihre Schwestern, die buschig und dick, prächtig grün und fleischig vor sich hin wuchsen, das war viel wichtiger!

Und während die Bohne ein freudiges Wiedersehen mit ihren Schwestern feierte, erreichte Jack die Wolkendecke. Nur ganz am Rande bekam die Bohne mit, dass Jack in das Schloss des Riesen lief, dass es darin lautes Geschrei gab und dass Jack mit einem Sack Gold und der goldene Eier legenden Gans wieder herausgelaufen kam.

Erst als er begann, an ihr hinunter zu klettern, während der Riese mit wütenden Schritten auf die Bohnenranke zugeeilt kam, da begann die Bohne, sich Sorgen zu machen.

Und tatsächlich, sie hatte allen Grund dazu. Damit

der Riese nicht ebenfalls hinabklettern konnte, schlug Jack mit seiner Axt nach ein paar Metern den obersten Trieb der Bohne ab. Nach ein paar weiteren Metern das nächste Stück. Dann wieder eines.

Hätten sie schreien können, wären all die Bohnen-rankenteile brüllend zur Erde gestürzt.

Als Jack mit Gold und Gans in den Armen den Boden erreichte und von allen stürmisch bejubelt wurde, da wurde der Bohne erst das ganze Drama bewusst. Sie war in Stücke geschlagen, der Saft floss aus ihr heraus in den Boden. Nie wieder würde sie ihre Schwestern sehen, nie wieder in den Himmel zurückkehren, nun, wo der Riese seiner Zaubermacht beraubt war.

Aber sie würde nie aufhören, es zu versuchen.

Und seit jener Zeit wachsen die Bohnen nicht dicht und buschig, sondern ranken sich dem Himmel und der Sonne entgegen, auch wenn sie sie nie erreichen werden.

Ewige Liebe

Es war einmal eine Maid, die war jung und schön. Sie war jedoch auch sehr gebildet und von großer Herzensgüte. Das Auffälligste an ihr waren jedoch ihre Augen, die in einem Blau funkelten, wie man es noch kaum gesehen hatte, tief wie ein See, aber wärmer als der wärmste von ihnen.

Es kam die Zeit, als ihr Vater trachtete, ihr einen Ehegatten zu suchen.

Viele junge Männer, die von der Schönheit der Maid gehört hatten, kamen, um um sie zu freien. Doch kaum erblickten sie ihre leuchtend blauen Augen, schienen sie darin zu versinken und waren unfähig, auch nur ein gerades Wort herauszubringen. So begann die Maid, ihre Augen hinter einem Schleier zu verbergen. Doch wie groß war ihre Enttäuschung, dass sich auch mit dieser Hilfe kein Mann fand, mit dem sie ein interessantes Gespräch führen konnte. Außerdem hatte sie nicht vor, den Rest ihres Lebens verschleiert, sehr wohl aber, den Rest ihres Lebens in Gesprächen mit ihrem Mann zu verbringen, und so ging sie dazu über, ihre Freier erst recht mit dem Anblick ihrer Augen zu testen.

Als die Maid schon kurz davor war, sich entweder mit einem Leben als Jungfrau oder einer Ehe mit einem stotternden Jüngling abzufinden, erschien ein junger Mann, dessen Augen funkelten ebenso blau wie die ihren, tief wie ein See, aber wärmer als der wärmste von ihnen.

Als die Maid und der Jüngling einander erblickten, versanken sie beide in den Augen des anderen und begannen zu stottern und stammeln. Doch sie fingen sich rasch wieder, und es begann ein Plaudern und Werben, dass die Vögel nicht lieblicher zwitschern konnten.

Da der junge Mann auch dem Vater der Maid gefiel – er war vermögend und von ritterlichem Stande – stimmte er der Ehe zu und es wurde groß Hochzeit gefeiert. Wie waren die Maid und ihr Gatte glücklich! Bis – ja, bis zu jenem Tag, als der junge Mann dem König folgte, der zu einem Kreuzzug in die östlichen Reiche aufgerufen hatte. Zwar liebte er seine Frau über alles, doch die Pflicht dem König gegenüber wog schwerer.

Tränen flossen, als die beiden Liebenden voneinander Abschied nehmen mussten. Sie schworen einander ewige Treue und der junge Ritter versprach, so bald als irgend möglich zurückzukehren.

Von jenem Tag an stand die junge Maid jeden Morgen auf dem Hügel nahe ihres Vaters Anwesen, neben der staubigen Landstraße, und blickte nach Osten, von wo ihr Liebster wiederkommen würde. Jeden Tag stieg sie auf den Hügel, voller Hoffnung, jeden Abend kehrte sie traurig, oft weinend, zurück.

Das schönste Kleid konnte sie nicht mehr locken, die lieblichste Musik nicht. Selbst Essen und Trinken musste man ihr aufzwingen. So wurde sie dünner und dünner. Tage vergingen, Monate, Jahre, und dennoch stieg sie jeden Morgen auf den Hügel, stand neben der Landstraße und blickte nach Osten.

Die Menschen, die die Landstraße entlanggingen und sie da stehen sahen, begannen über sie zu reden. Die einen – meist Männer – rührte ihre romantische Liebe, ihr Leid um den Liebsten, ihre Treue. Die anderen – meist Frauen – schüttelten den Kopf, wie sie denn nur so entsetzlich dumm sein konnte, ihr Leben wegzuwerfen, für einen, der wohl längst tot war oder in den Armen einer hübschen Sarazenin lag.

Der Vater der Maid war längst gestorben, sie selbst nur noch ein dürrer Schatten ihrer selbst, aus dem noch immer die Augen blau funkelten, tief wie ein See, aber wärmer als der wärmste von ihnen. Da spürte sie, als sie eines Tages neben der Straße stand und mit ihren schon schwachen Augen den Horizont im Osten absuchte, dass ihre Stunden gezählt waren.

Sie sank auf die Knie und betete. "Oh Gott, ich weiß nicht, ob ich recht getan habe in meinem Leben. Vielleicht stimmt es, dass ich mein wertvolles Leben weggeworfen habe, anstatt es sinnvoll zu leben. Vielleicht blickst du aber gnädig auf mich, die ich es aus Liebe getan habe. Ich habe versprochen, auf meinen Liebsten zu warten, und nun kann ich mein Versprechen nicht einhalten, denn meine Kräfte schwinden. Lass meine Geschichte den anderen Menschen ein Zeichen sein – ein Zeichen, wie groß Liebe sein kann, aber auch ein Zeichen, wie viel wertvolle Lebenszeit man wegen ihr nicht für Andere nützt."

Und als sie ihren letzten Atemzug machte, hoben die Engel sie nicht hinauf in den Himmel, sondern verwandelten sie in eine Blume. Eine dürre, unscheinbare Pflanze am Wegesrand, deren Blüten sich jedoch in einem Blau öffnen, wie man es selten zu Gesicht bekommt, tief wie ein See, aber wärmer als der wärmste von ihnen.

Und so stand sie denn auch nach ihrem Tod am Straßenrand und blickte Tag für Tag nach Osten, wie sie es ihrem Liebsten versprochen hatte.

Und die Menschen, die vorbeigingen, und nun statt der Maid die Blume stehen sahen, sprachen weiterhin von ihr und sie, die Wegwarte, blieb ein Mahnmal für ewige Liebe und vergeudetes Leben.

Was jedoch viele nicht wissen, die über ihre Naivität und Dummheit lächelten: Eines Tages kam ein alter Mann des Weges, gebeugt ging er, auf einen Stock gestützt. Als er die Wegwarte erblickte, fiel er vor ihr auf die Knie und aus seinen Augen, die blau funkelten wie ein See, aber wärmer als der wärmste von ihnen, flossen heiße Tränen, während er die blauen Blüten der Wegwarte küsste. Und als der alte Mann da am Straßenrand seinen letzten Atemzug machte, da nahmen auch ihn die Engel nicht mit hinauf in den Himmel, sondern ließen ihn neben seiner Geliebten ebenfalls als Wegwarte gedeihen. So waren die beiden Liebenden nach all den Jahren doch noch vereint, und aus ihrer Liebe erwuchsen allen Wegen entlang ihre Kinder, dürr und blauäugig wie die Eltern. Und all diese Wegwarten erinnern uns bis zum heutigen Tag daran, wie groß Liebe sein kann und wie leicht man sein Leben vergeudet.

Die Steinpalme

Es war einmal eine junge Palme, die stand an einem
wunderschönen Strand, weit weg von hier in Arabien.
Vor ihr, da lag das Meer, blau und glitzernd, und
hinter ihr, da lag die Wüste, gelb und leer. Sie wusste,
was das Meer war und was Wüste war, obwohl sie
beides nie wirklich erlebt hatte, nur gesehen. So wie
wir wissen, was Krieg ist, weil wir es im Fernsehen
gesehen haben, und meinen, es zu verstehen.

Sie war noch jung, kaum höher als ein Mann, und
schlank und rank, wie Palmen so sind. Ihre großen
grünen Blätter spielten in der Luft, ihr biegsamer
Körper tanzte mit dem Wind. Sie war eine glückliche
junge Palme.

Eines Tages, da torkelte ein Mann aus dieser Wüste,
er war wohl ein Kaufmann gewesen, der seinen Weg
verloren hatte oder von Wüstenräubern überfallen
worden war. Er trug nur noch Fetzen von Gewand,
seine Haut war von der Sonne verbrannt, seine
Lippen vor Durst rissig. Er konnte sich kaum noch
aufrecht halten, kroch mehr, als dass er ging. Als er
das Meer sah, da kam neues Leben in ihn, und er
stürzte auf das kühle Nass zu, warf sich in die Wellen,
kühlte seinen glühenden Kopf mit dem blauen
Labsal. Dann formte er seine Hände zu einer
Schüssel, schöpfte Wasser, führte es an seine Lippen,
trank – und spuckte es in hohem Bogen wieder aus.
Voller Verzweiflung fiel er auf die Knie. So viel
Wasser, und dennoch nichts zum Trinken!

Da sah er die Palme. Und eine ungeheure Wut ergriff ihn. Da stand diese Pflanze und war saftig und grün, jung und zart, wo auch immer sie ihr Wasser hernahm. Sie sollte leben, und er nicht? In einer letzten Anstrengung hob er einen roten Felsbrocken hoch, der vor ihm im Sand lag, gewiss so groß wie ein Strohballen, nur viel, viel schwerer. Er hob ihn über seinen Kopf und schrie. "Ich will leben! ICH will leben! Stirb!"

Und er warf den Brocken auf die Palme, wo er genau oben in ihrem Blätterherz liegen blieb. Dann brach der Mann bewusstlos zusammen.

Die Palme spürte einen ungeheuren Schmerz. Es presste ihr Herz zusammen, all ihre Blätter brachen unter dem Gewicht des Steines sofort ab, ihr Stamm vermochte die Last kaum zu tragen.

"Hilfe!", schrie sie, "Hilfe!" Doch wer sollte sie hören?

Ein paar Stunden später zog eine Karawane vorbei. Sie fanden den bewusstlosen Mann, sie flößten ihm Kamelmilch ein, wickelten ihn in feuchte Tücher und nahmen ihn mit sich.

"Halt!", rief die Palme. "Halt! Nehmt den Stein von mir, ich zerbreche!" Doch die Menschen konnten sie nicht hören. Nur wenige Menschen schenken den Liedern und Worten der Bäume Beachtung, und noch viel weniger Menschen vermögen sie auch zu verstehen.

Verzweifelt sah die Palme, wie die Karawane davon zog und immer kleiner und kleiner wurde, bis sie mit dem Horizont verschmolz. Es wurde Abend, und der Wind wehte sacht vom Meer zum Ufer.

"Wind!", rief die Palme. "Wind, blase so stark du kannst, blas den Felsen von mir herunter, er zerdrückt mein Herz!"

Doch der Wind, müde von seinem langen Tag auf dem Meer, er tat so, als hörte er die Palme nicht.

Zwei Vögel kamen, wie jeden Abend, um auf der Palme ihr Nachtquartier aufzuschlagen. Sie blickten verwirrt auf den roten Felsbrocken, der statt der Palmwedel das Haupt der Palme zierte.

"Oh, ihr Vögel, nicht ihr auch noch, setzt euch nicht, ich halte schon kaum den Stein! Ruft eure Freunde, packt alle an und werft den Felsbrocken herunter von mir!"

Doch die Vögel sahen sich an, plusterten ihr Gefieder auf und flogen beleidigt zu einer anderen Palme, um dort zu schlafen.

"Ach", dachte die Palme. "Will mir denn keiner helfen? So muss ich denn sterben, ich kann diesen Felsen nicht länger ertragen, er zerbricht mein Herz und mich."

Doch dann vernahm sie eine andere Stimme, tief in ihrem Inneren, die schrie: "Ich will leben! ICH will leben!" Wie ein Echo der Stimme des Mannes. "Aber wie soll ich leben? Die Last ist einfach zu schwer. Ich bin schlank und rank, gemacht, im Wind zu tanzen, nicht Felsbrocken zu schleppen." Und sie dachte weiter nach. "Nun, so hab ich wohl nur zwei Möglichkeiten. Zu sterben, oder diese Last zu akzeptieren, einen Weg zu finden, sie zu tragen. Ach, wäre ich doch nicht so schwach und dünn. Nun, wie könnte ich stärker werden?" Und sie dachte nach und sie stellte fest, sie brauchte mehr Wasser, um stärker zu werden. Also ließ sie ihre Wurzeln sich ausbreiten, tiefer und tiefer wachsen, bis sie tief unter dem Sand auf Grundwasser stieß. Nicht nur, dass sie nun mehr als genug Wasser hatte, um zu Kräften zu kommen, ihre Wurzeln hatten dem Wasser auch einen Weg gebahnt und direkt zu ihren Füßen sprang eine Quelle hervor.

Die Palme merkte es kaum, denn sie war nur damit beschäftigt, zu trinken und zu trinken und stärker und stärker zu werden. Doch die Menschen merkten es. Als die nächste Karawane vorbei kam, da entdeckten sie die Quelle. Und wo Wasser ist, da ist gut bleiben. So blieben die Händler, und sie begannen mit der Zeit, Häuser zu bauen und einen Bazar, an dem andere Händler Waren tauschen konnten.

Die Palme jedoch stellte fest, dass das Wasser alleine ihr nichts nützte. Sie brauchte Blätter, um das Sonnenlicht in Nahrung umzuwandeln. Doch ihre Blätter waren alle abgebrochen und auf ihrem Herz, aus dem die Blätter wuchsen, da lag der Fels. Sollte sie aufgeben? Nein. Sie sah genau hin, und da entdeckte sie, ganz am Rand, wo der Fels auflag, da gab es noch kleine Reste, kleine Blattstummeln. Und sie sandte all ihre Kraft dahin und langsam wuchsen wieder Blätter, eigenartige, ein wenig verkrüppelte Blätter, die sich um den Felsen schmiegten. Doch sie erfüllten ihre Aufgabe und ermöglichten der Palme, genügend Sonnenlicht zu sammeln und in Nahrung umzuwandeln, um noch viel stärker und dicker zu werden.

Die Menschen, sie sahen die Palme jeden Tag und sie sahen die Quelle zu ihren Füßen, und sie nannten sie die heilige Steinpalme. Sie war gar so anders als alle anderen Palmen, klein und dick, mit eigenartigen fleischigen Blättern und einem großen roten Felsbrocken obenauf. Und die Menschen kamen, wenn Sorgen sie drückten, und sie setzten sich neben die Palme und betrachteten sie, wie sie es schaffte, diesen schweren Fels zu tragen, indem sie so stark war. Und wenn sie da eine Weile gesessen hatten, dann fühlten sie sich besser. Denn wenn diese Palme, die doch sonst ein rankes, schlankes Wesen war, fähig war, diesen Felsen zu tragen, dann würden sie ihre eigene Last auch tragen können.

Die Palme verstand nicht ganz, warum die Leute zu ihr kamen. Sie verstand auch nicht, warum sie ihr Bänder um den Stamm banden mit kleinen Zettelchen daran, auf die die Menschen ihre Sorgen schrieben. Aber sie erfreute sich daran. Sie erfreute sich daran, dass die Menschen offenbar ihre Gesellschaft als wohltuend empfanden und sie verehrten, aber eigentlich hatte sie doch gar nichts getan. Sie hatte nur nicht sterben wollen, das war alles.

Die Siedlung wuchs und wuchs und war bald eine kleine Stadt. Doch die Menschen hörten nicht auf, zu der Palme zu gehen. Rund um sie ebnete man einen Platz und stellte Bänke auf. Jeden Abend saßen dort Menschen und plauderten oder saßen ganz still und betrachteten die Steinpalme. Mütter zeigten sie ihren kleinen Kindern, damit sie etwas fürs Leben lernten. Kranke wurden zu ihr getragen, um ihnen neuen Mut zu geben.

Und die Palme verstand es immer weniger, denn inzwischen war der Stein ein Teil ihrer selbst geworden und sie spürte ihn gar nicht mehr. Ja, als sie älter wurde, da vergaß sie sogar ganz, dass er da war. Sie wusste nur, dass sie anders war als die anderen Palmen, viel dicker und mit eigenartigen Blättern, eigentlich hässlicher. Und dass sie dafür verehrt wurde, und das erfreute sie.

Denn wenn wir unsere Lasten annehmen, dann werden sie zu unserer Stärke und irgendwann zu einem Teil von uns, der uns besonders macht.

Die Blume der Kaiserin

Es lebte einmal, vor langer Zeit im alten China, der Sohn des Kaisers in einem großen Palast. Seine Eltern hatten von Anfang an dafür gesorgt, dass er eine hervorragende Ausbildung erhielt, und so war er klug und belesen, bewandert in den Taktiken des Krieges und von bestem Benehmen. Als der Knabe zu einem Jüngling herangewachsen war, starb seine Mutter und sein Vater, der Kaiser, erwählte sich eine neue Frau. Sie war eine schöne Frau, wohlerzogen und repräsentativ, doch in ihrem Herzen kalt und herrschsüchtig.

Bald darauf verstarb nun auch der Kaiser und es wurde bestimmt, dass die Kaiserin herrschen würde, bis der Sohn des Kaisers erwachsen war. Viele Stunden verbrachte der junge Kaiser nun in den prächtigen Gärten des Palastes, um dort zu lernen, aber auch, um seiner Stiefmutter aus dem Weg zu gehen. Eines Tages entdeckte er dort ein junges Mädchen, das die Blumen goss. Sie hatte ein offenes, freundliches Gesicht, und bald fand der junge Kaiser einen Grund, mit ihr ins Gespräch zu kommen. Sie plauderten über die Blumen, das Wetter, die Welt, und es schien dem jungen Kaiser, dass das Mädchen, das die Tochter des Gärtners war, der angenehmste Mensch im ganzen Palast war.

So verging die Zeit und der junge Kaiser wurde erwachsen. Seine Stiefmutter übergab zwar die Krone an ihn, doch hatte sie die Jahre über dafür gesorgt, dass sie dennoch von großer Wichtigkeit für das

Reich blieb. Nun kam auch die Zeit, dass der Kaiser eine Frau nehmen sollte. Er wusste, wem sein Herz gehörte, doch er wusste auch, dass eine Gärtnerstochter nie die Zustimmung seiner Stiefmutter finden würde. Diese hatte bereits eine engere Auswahl getroffen. Es gab einige junge adelige Frauen, die ihr gut als Schwiegertochter gefielen, ja selbst einige Töchter reicher Händler waren darunter. Denn das waren die wichtigen Kriterien für die Stiefmutter: Ihre zukünftige Schwiegertochter sollte ein großes Vermögen mitbringen, und sie sollte schüchtern und schwach sein, damit die Stiefmutter ihre Macht behielt. Alles andere, wie Schönheit, Herzensgüte oder gar Klugheit, waren in ihren Augen völlig vernachlässigbar.

Die ersten Anwärterinnen, die die Stiefmutter dem jungen Kaiser vorstellte, lehnte er jedoch rundweg ab. Und als sich nach Monaten noch keine fand, die beiden zusagte, da schlug der junge Kaiser seiner Stiefmutter etwas vor. Sie solle einen großen Ball veranstalten und alle Frauen, die in einem Palast lebten, einladen. Er würde auf diesem Fest seine Braut mit einer speziellen Prüfung erwählen. Und er überredete seine Stiefmutter, indem er sagte: "Es kommt schließlich nicht auf Äußerlichkeiten an, nicht wahr? Das Einzige, das zählt, ist, dass meine Braut mir ergeben ist, dass ich mich blind auf sie verlassen kann und ihre Schätze mich erfreuen." Natürlich dachte die Stiefmutter dabei an Gold und Edelsteine, und dass der junge Kaiser offenbar die gleichen Vorstellungen einer passenden Frau hatte wie sie.

So wurde bald ein riesiger Ball gefeiert. Es kamen

Prinzessinnen und Fürstinnen, aber auch Hofdamen und Zofen, denn auch sie lebten ja in einem Palast – und wer wollte nicht Kaiserin werden? Und so kam auch die Gärtnerstochter, mehr aus Neugierde, um zu sehen, welche Braut sich ihr geliebter Kaiser erwählen würde. Als alle im großen Saal versammelt waren, da sprach der junge Kaiser:

"Ich danke euch, dass ihr alle gekommen seid. Eine von euch soll meine Braut werden. Ich gebe weder Aussehen noch Stand den Vorzug, und um die wahre Kaiserin zu wählen, will ich euch allen eine Aufgabe stellen."

Diener kamen auf einen Wink des Kaisers und verteilten an alle Frauen kleine Päckchen.

"Diese Päckchen enthalten Samen. Jene, die mir in drei Monaten die schönste Blume aus diesen Samen bringt, die soll meine Braut werden!"

Die Stiefmutter hatte dem Kaiser versprochen, seine Wahl zu akzeptieren, auch wenn ihr seine Methode unerklärlich war.

Da pochte das Herz der Gärtnerstochter wie verrückt! Sie hatte ja wohl mehr Ahnung von Pflanzen als jede andere Frau hier im Saal! Sie eilte mit ihrem Samenpäckchen ins Gärtnerhaus, suchte den schönsten Blumentopf, die beste Erde, und setzte den Samen, als der Mond richtig stand.

Sie goss ihn, sie stellte den Topf in die Sonne – doch was sie auch tat, kein Pflänzchen wollte wachsen. Selbst ihr Vater wusste keinen Rat und so starrten beide jeden Tag ratlos auf den kahlen Blumentopf..

Die Frist war um und alle Frauen fanden sich erneut im Palast ein. Die Gärtnerstochter schämte sich sehr, dass gerade sie es nicht geschafft hatte, eine Blume wachsen zu lassen, dennoch erschien sie zum vereinbarten Treffen. Was hatten die anderen Frauen doch alle für prächtige Blumen in ihren Töpfen! Der ganze Saal erstrahlte in einer Farbenpracht und einem Duft, dass einem schwindlig werden konnte. Die Gärtnerstochter mit ihrem leeren Topf drückte sich ins hinterste Eck, nur ihre Neugier, wen der Kaiser nun zur Frau nehmen würde, hielt sie im Saal.

Da kamen auch schon der Kaiser und seine Stiefmutter und sie schritten langsam und bedächtig die Reihen der blühenden Töpfe ab. Mal deutete die Stiefmutter hierhin, mal dahin, mal lächelte sie freundlich der Besitzerin einer besonders schönen Pflanze zu, wenn diese dazu auch noch ein teures Kleid trug. Der Kaiser musterte alle ernsthaft, Blumen und Mädchen. Er zeigte keine Regung, weder bei den schönsten Pflanzen, noch bei dem leeren Topf der Gärtnerstochter.

Dann stellte er sich vor den langen Reihen der Frauen auf.

"Werte Gäste, danke, dass ihr euch so viel Mühe gegeben habt. Liebe Stiefmutter, du erinnerst dich, ich sagte, ich suche eine Frau, die mir ergeben ist und der ich blind vertrauen kann. Die Schönheit eurer Pflanzen zeigt mir ganz klar, welche die meine werden soll, denn ich gab euch ganz besondere Samen, die euer Innerstes widerspiegeln."

Da schämte sich die Gärtnerstochter noch mehr. War

ihr Innerstes denn so kahl und tot wie ihr Blumentopf? Und war das Innerste der Adeligen neben ihr wirklich so prächtig wie die Lilien in ihrem Topf?

Da fuhr der Kaiser fort: "Hört denn nun meine Wahl, an der nichts und niemand rütteln kann. Diese soll meine Frau werden."

Und der Kaiser deutete auf die Gärtnerstochter.

Ein Aufschrei ging durch den Saal. Wieso sollte jene, die nicht einmal den Hauch einer Pflanze zustande gebracht hatte, Kaiserin werden? Waren denn nicht alle anderen besser als sie?

Da lächelte der Kaiser und erklärte: "Ja, die Samen spiegeln euer Innerstes wider. Denn kein einziger Samen war keimfähig, dennoch habt ihr mit Lug und Trug mir die schönsten Pflanzen gebracht. Nur die Gärtnerstochter nicht, denn sie ist die Frau, der ich blind vertrauen kann."

Und so wurde die Gärtnerstochter Kaiserin.

Der Huflattich

Es war einmal vor langer Zeit ein kleiner Huflattich, der lebte in einem großen Garten. Er war ein schöner Huflattich, mit dicken Stängeln und sprühenden Blüten im zeitigen Frühjahr. Dennoch beachtete ihn niemand, schon gar nicht, wenn seine Blüten verblüht waren und nur seine herzförmigen Blätter sich der Sonne entgegenstreckten. Die Tiere und die Menschen liefen einfach über ihn hinweg, egal wie sehr er sich bemühte, aufzufallen.

"Ach", seufzte Huflattich, "ich bin ein Nichts. Niemand beachtet mich. Wenn ich dagegen Sonnenblume ansehe, die doch meinen Blüten ähnelt, was wird sie bewundert! Alle bleiben vor ihr stehen und nicken ihr zu, ja, sie ist wahrlich die mächtigste Pflanze im Garten. Oh, wie wünschte ich, ich könnte Sonnenblume sein!"

Und als Huflattich so zu sich sprach, kam gerade ein Pflanzenelf vorbei, den die Pflanzengöttin in den Garten geschickt hatte. Es war seine Aufgabe, dafür zu sorgen, dass alle Pflanzen glücklich waren.

"Guten Morgen, Huflattich!", sagte der Elf. "Ich höre, du bist unglücklich?"

"Ja!", antwortete Huflattich. "Ich wünschte, ich wäre ein mächtiges Wesen, das nicht zertrampelt wird. Ich wünschte, ich wäre Sonnenblume!"

"Dein Wunsch sei dir gewährt", meinte der Elf, und als Huflattich an sich hinab sah, da war er plötzlich

Sonnenblume. Groß und prächtig, mit einem runden Kopf voller Samen und einem festen Stamm.

Oh wie herrlich! Was war er glücklich! Nun huldigten die Pflanzen ihm, nun blieben die Menschen bewundernd vor ihm stehen!

Doch nach ein paar Tagen war seine Begeisterung verschwunden. Hatte er als Huflattich tun können, was er wollte, nun musste er seinen Kopf immer der Sonne zuwenden, und was war er schwer, dieser Kopf! Und dann kamen auch noch die frechen Vögel, und sie pickten ihm einfach ins Gesicht! Nein, so mächtig war Sonnenblume wohl doch nicht, wie er gedacht hatte! Und als Huflattich, der ja nun Sonnenblume war, den ganzen Tag seinen Kopf der Sonne nachdrehen musste, da dachte er: "Ach, die Sonne! Sie ist wahrlich mächtig! Ohne Sonne gibt es kein Leben, alle sind glücklich, wenn sie scheint. Sie ist ein Feuerball ohne Gewicht, aber voller Macht. Ach, ich wünschte, ich könnte Sonne sein!"

Der Pflanzenelf, der noch in seiner Nähe weilte, hörte ihn, und im nächsten Augenblick befand sich Huflattich als Sonne am Himmel.

Ja, das war wahre Macht! Er konnte den Pflanzen Leben schenken, aber er konnte sie auch verdorren. Wie war es großartig, mit dieser Macht zu spielen! Doch nach ein paar Tagen fand er das Leben als Sonne gar nicht mehr so prächtig. Tag für Tag musste er pünktlichst aufgehen und untergehen, keinen Zentimeter durfte er von seiner Himmelsbahn weichen. Und dann waren da diese frechen Wolken, die sich einfach zwischen ihn und die Erde schoben, und die Pflanzen und Menschen freuten sich auch noch, wenn diese grauen Dinger ihr nährendes Nass versprühten. Ja, die Wolken, die waren mächtiger als die Sonne, schien es Huflattich, der nun Sonne war. "Ach", seufzte er erneut. "Wolke sein, das wäre es, frei über den Himmel mich bewegen, wohin ich will, geliebt von den Pflanzen für mein nährendes Nass!"

Und schwupps, war er Wolke.

Ja, dies war herrlich, sich von den Winden treiben lassen, die Sonne verdecken, verdunstendes Wasser aufsaugen. Bis er zu schwer wurde, und all das Wasser aus ihm herausfloss, und er schrumpfte. Das hatte er nicht gewusst, dass Wolken sich auflösten! Gerade noch im letzten Moment, ehe Huflattich, der nun Wolke war, verschwunden war, wünschte er sich, ein Vogel zu sein. Denn Vögel, die waren nicht abhängig von den Winden, sie flogen tatsächlich frei durch die Lüfte, niemand befahl über sie, ja, die Vögel besaßen die wahre Macht!

Und so jagte Huflattich als Vogel über den Himmel, berauscht von der Freiheit und der luftigen Höhe. Juchzend drang sein Lied in die Lüfte, was war er glücklich! Ja, Freiheit, das war die wahre Macht!

Doch mit der Freiheit war es bald vorbei. Als Huflattich, der nun Vogel war, glücklich singend auf einem Ast saß, schloss sich plötzlich ein schweres Netz über ihn. Sosehr er auch flatterte, er konnte sich nicht befreien und fand sich kurz darauf in einem eisernen Käfig in der Stube eines Bauern hängen.

Vom glücklichen Singen und Fliegen keine Spur. Nein, so ein Vogel war doch nur ein ohnmächtiges

Ding. Wie hatte er glauben können, Vögel wären mächtig.

Doch was bekam er da zu sehen! Die Menschen, die kamen und gingen, wie sie wollten. Sie machten die Nacht zum Tag mit ihren Kerzen, sie befahlen über alles Getier auf ihrem Hof. Und auch sie sangen, sie tanzten, sie kleideten sich je nach Laune. Ja, das war es! Der Mensch, er war eindeutig das mächtigste Wesen von allen!

"Ach", seufzte Huflattich, der nun Vogel war, "lieber Planzenelf, wenn du mich hörst, erhöre mich noch ein letztes Mal! Nun weiß ich, wer wahrlich der Mächtigste ist, bitte, lass mich Mensch sein!"

Und so geschah es. Huflattich war Mensch. Er arbeitete hart, doch er genoss es, seine Macht zu spüren. Die Macht über den Boden, wenn er pflügte, die Macht über die Pflanzen, wenn er säte, die Macht über seine Tiere, wenn er schlachtete. Er sang, er tanzte, er befahl über sein Weib und seine Kinder.

Bis zu jenem Tag, als ein Husten ihn ins Bett zwang. Die Krankheit wollte nicht weichen, nun war ihm nicht mehr nach singen und tanzen, nicht mal nach essen. Seine Kräfte schwanden, und bald stand der Pfarrer neben ihm, sorgenvoll den Kopf schüttelnd. Es sah gar nicht gut aus, mit dem mächtigen Bauern.

Da kam die Nachbarin vorbei, ein altes Weiblein, lange stand sie am Bett des Bauern, hörte ihn husten, fühlte seine Hand. Sie nickte bedächtig.

"Schlecht steht es um dich, lieber Nachbar", sagte sie.

Da seufzte der Bauer, traurig. So war auch der

Mensch nicht so mächtig, wie er gedacht hatte.

"Ein Mittel weiß ich doch", sagte da die Alte. "Ein mächtiges Mittel, das dich zu heilen vermag."

"Was ist es?", sprach der Bauer mit schwacher Stimme. "Ich will all mein Geld geben, um es zu besorgen."

Da lachte die Alte, dass man ihre Zahnlücken sah. "Dein Geld braucht es nicht. Schick nur wen in den Garten, dort wächst, was die Macht hat, dich zu heilen. Es ist der Huflattich."

Da schämte sich der Bauer und ward wieder, was er von Natur aus gewesen – Huflattich, mit seinen sprühenden Blüten.

Eichenfreund

Es war einmal, vor langer Zeit, da lebte ein Mädchen nahe eines Waldes. Sie lebte auf einem kleinen Hof gemeinsam mit ihrem Vater, ihre Mutter war schon lang verstorben. Sie hatten ein wenig Obst und Gemüse, der Vater war Holzfäller – sie kamen gerade so über die Runden.

Wie es so oft geschieht in der Geschichte der Welt, fegte ein Krieg über das Land. Der Vater Ellas war noch nicht zu alt, und so musste auch er als Soldat in den Kampf ziehen. Er befahl seiner Tochter, gut auf sich aufzupassen, und er versprach ihr, zurückzukommen, sobald der Krieg zu Ende war.

Ella, die noch nie einen Krieg erlebt hatte, dachte, ihr Vater käme gewiss bald wieder, am nächsten Tag vielleicht oder spätestens, wenn der Mond wechselte. Sie hielt das Haus in Ordnung und immer einen Topf mit Suppe bereit, wie der Vater es mochte, wenn er von der Arbeit kam. Doch die Tage vergingen und wurden zu Wochen, und das Land geriet in immer größere Unruhe. Bald neigten sich die Vorräte dem Ende zu und bald kamen Horden fremder Soldaten, die durch das Land trampelten. Das Mädchen fürchtete sich, denn sie war alt genug, als Frau zu gelten. So packte sie ein kleines Bündel mit den letzten Vorräten, warf ihren wollenen Umhang über und flüchtete in den Wald. Sie kannte den Wald, war sie doch öfter mit ihrem Vater da gewesen, Fichten schlagen. Die Geräusche der fremden Männer trieben sie immer tiefer in den Wald, und als es Abend wurde, hatte sie sich verirrt. Noch nie war sie so weit von zuhause weg gewesen! Gerade, als das letzte Licht des Tages sich blass verabschiedete, gelangte Ella zu einer kleinen Lichtung. Wie staunte sie, als sie hier, inmitten des dunkelsten Fichtenwaldes, eine Eiche wachsen sah! Ihr Stamm war kurz und knorrig, doch ihre Krone weit ausladend, im Kampf um den kleinsten Sonnenstrahl.

Erschöpft sank Ella bei den Wurzeln der Eiche zu Boden. Sie war zu müde, um weiterzugehen, bald würde die Nacht den Wald in tiefste Finsternis tauchen. Rau fühlte sich die Rinde der Eiche an ihrer Wange an, als sie sich an den Stamm lehnte. Fast ebenso rau wie der Stoppelbart ihres Vaters, wenn sie ihn umarmte.

Sie fühlte sich furchtbar einsam. Wie schön wäre es, wenn dies tatsächlich die Wange ihres Vaters wäre.

”Ach Eiche, gestatte, dass ich heute hier bei dir schlafe. Ich weiß nicht mehr weiter und bin so unsäglich müde.“

”Gerne“, vernahm Ella da eine tiefe Stimme. Erschrocken fuhr sie hoch und sah sich um, doch da war niemand, nur sie, der leichte Abendwind und die Eiche.

”Erschrick nicht, kleines Mädchen. Ich tu dir nichts.“

Als Ella genau horchte, war sie sicher, dass der Baum mit ihr sprach. Seine Rinde und seine Äste knarrten, dass sie Worte vernehmen konnte.

”Hab Dank, liebe Eiche.“

"Gern geschehen", antwortete die tiefe Brummstimme. "Doch steig besser in meine Krone hinauf, auf dem Boden bist du vor wilden Tieren nicht sicher."

Und der Eichenbaum senkte seine Äste, damit Ella hinaufklettern konnte. In der breiten Astgabel schmiegte sich das Mädchen an den Stamm und war schnell eingeschlafen.

Als sie am Morgen erwachte, blinzelte ihr der erste Sonnenstrahl ins Gesicht. Sie hatte wunderbar geschlafen, wie in einem feinen Daunenbett, und als sie sich nun streckte, stellte sie fest, dass Eiche sie in der Nacht mit den schönsten Blättern zugedeckt hatte. Schon lange nicht hatte Ella sich so geborgen und geliebt gefühlt.

"Oh Eiche, wie lieb von dir! Wie kann ich dir danken?"

"Bleibe bei mir", sagte Eiche. "Ich bin die einzige Eiche im ganzen Wald, ein Vogel hat mich einst von weit her gebracht, und es ist sehr einsam. Die Fichten, mit ihrem langen Stämmen und ihren hochliegenden Kronen, sie reden nicht gerne mit mir, den sie finden, sie stünden über mir. Bleib bei mir und erzähl mir ein wenig von deiner Welt."

So blieb Ella in der Astgabel der Eiche sitzen und erzählte ihr. Doch als nach ein paar Tagen Ellas Vorräte aufgebraucht waren, musste sie sich von Eiche verabschieden.

"Liebste Eiche, ich muss gehen. Ich wünschte, ich könnte bleiben, doch ich kann nicht wie du von der

Sonne alleine leben. Ich brauche Wasser und Nahrung."

"Warum hast du das nicht gleich gesagt?", rief Eiche. Dann schüttelte sie ihre Blätter und formte ihre Krone zu einem Trichter, sodass alle Tautropfen der Nacht zusammenflossen. Ella musste nur ihre Hände aufhalten, um das morgendliche Nass zu trinken. Dann schüttelte sich Eiche erneut, und es schien Ella, als flüstere sie dem Wind etwas zu. Und tatsächlich, bald darauf kamen Vögel geflogen, und sie brachten Ella die süßesten Beeren, Mäuse kamen den Stamm hoch gelaufen und legten ihre Nüsse in den Schoß.

"Siehst du", sagte Eiche zufrieden, "du kannst hier bei mir, in Sicherheit bleiben."

Und so blieb Ella. Geborgen in den Ästen der Eiche, den Gesang der Vögel lernend, die Sprache des Windes und des Regens.

Als es Herbst wurde, drangen eines Tages Männer bis in die tiefste Tiefe des Waldes vor. Sie hielten unter der Eiche, verspeisten ihren Proviant, und unterhielten sich darüber, dass der Krieg endlich zu Ende sei. Ella, die sich hoch oben in Eiches Krone versteckt gehalten hatte, erfasste eine große Unruhe. Als die Männer weitergezogen waren, sagte sie zu Eiche: "Eiche, liebste Eiche, der Krieg ist zu Ende. Mein Vater hat versprochen, zurückzukehren, sobald dies geschieht. Er wird sich furchtbare Sorgen machen, wenn er mich nicht in unserem Haus findet. Ich muss zurück! Ach, ich wünschte, ich könnte dich mitnehmen!"

"Ja, das verstehe ich, dass du zu deinem Vater willst",

meinte Eiche und ließ traurig ihre Äste hängen. "Wir Bäume hängen zwar nicht so an unseren Eltern, aber aus deinen Geschichten habe ich gelernt, was es heißt, Mensch zu sein. Drum geh."

Ella kletterte bis in die höchsten Spitzen der Eiche und hielt Ausschau, ob sie denn von hier oben ihr Haus sehen konnte. Zumindest den Kirchturm des Nachbardorfes konnte sie erspähen, nun würde sie den Weg finden.

Als sie vom Baum herabgeklettert war, fiel ihr der Abschied schwer. Sie schlang ihre Arme um den dicken Stamm und weinte.

"Ja", sagte Eiche, "Ich liebe dich auch. Aber nun geh. Hier, nimm diese Eichel mit und setzte sie in deinem Garten, so können wir immer beisammen sein." Und sie senkte einen ihrer Äste und reichte Ella die schönste und glänzendste Eichel, die diese je gesehen hatte.

Ella fand den Weg heim und erreichte ihr Haus, bevor der Vater zurückkehrte. Sie pflanzte die Eichel im Garten, noch ehe sie etwas anderes tat. Dann putzte sie das Haus, tauschte den letzten Ballen selbstgewebten Stoff, der in ihrer Kammer lag, gegen Vorräte und war kaum mit allem fertig, als eines Morgens ihr Vater an die Tür klopfte.

"Du klopfst an deine eigene Tür?", rief Ella erstaunt, als sie ihn sah.

"Es war Krieg, ich wusste nicht, was ich hier vorfinde", antwortete er und dann fielen die beiden einander in die Arme. Sie lachten und weinten und erst, als sie in der Stube saßen, bemerkte Ella, dass dem Vater eine Hand fehlte. Egal, Hauptsache er lebte und war wieder da!

Ella erzählte ihm nichts von ihrer Zeit im Wald. Er würde es nicht verstehen. Für ihn war ein Baum die Anzahl Bretter, die er daraus verkaufen konnte. Ella war zwar der Gedanke unerträglich, je wieder mitanzusehen, dass ein Baum gefällt wurde, doch Vater mit seiner fehlenden Hand konnte soundso nicht mehr als Holzfäller arbeiten, also musste sie sich darum keine Sorgen machen.

Den Winter über spann Ella Wolle und webte, so viel sie konnte, um mit den verkauften Stoffen sich und den Vater mehr schlecht als recht durch die karge Zeit zu bringen. Der Vater saß meist und grübelte. An den Sonntagen schickte er Ella zur Kirche und zum Tanz, auf dass sie unter die jungen Leute käme und vielleicht einen Mann fände. Doch so sehr Ella sich auch bemühte, egal mit welchem Burschen sie sich unterhielt, mit keinem konnte sie so gut reden wie mit Eiche im fernen Wald.

Endlich wurde es wieder Frühling. Bereits mit den ersten Schneeglöckchen begann auch die Eiche zu sprießen, die Ella gepflanzt hatte. Sie wuchs so rasant, dass es unheimlich war, und der Vater oft mit zusammengezogenen Augenbrauen davor stand. Ella hingegen war glücklich, dass ihr Bäumchen so gedieh. Jeden Abend ging sie hinaus und schüttete ein wenig übrig gebliebene Milch zu seinen Wurzeln, streichelte die zarte Rinde und erzählte dem Bäumchen von ihrem Tag. Das leise Rascheln des

Windes in den zarten Blättern schien ihr wie eine Antwort, auch wenn sie die Worte nun nicht verstehen konnte, wie einst im Wald. Noch ehe Ostern kam, war der Baum höher als Ella.

Eines Tages ging der Vater ins Dorf, und als er zurückkehrte, rief er Ella zu sich in die Stube.

"Es muss etwas geschehen", sagte er ernst. "Ich kann nicht im Wald arbeiten, du bist zu schwach. Auch wenn wir uns darauf verlegen, mehr Obst anzubauen und zu verkaufen, es braucht einen fähigen Mann am Hof. Du wirst den Binder Michl heiraten. Er ist nicht die beste Wahl, aber er ist der einzige, der bereit ist, unseren armseligen Hof zu übernehmen. Und dich, denn sie reden über dich. Dass du seltsam geworden bist, seit ich weg war." Er blickte seine Tochter fragend an, doch die senkte nur den Kopf.

Am nächsten Tag kam der Binder Michl auf den Hof, sich alles ansehen. Ella musste ihr schönstes Kleid anziehen und wurde vom Vater gemahnt, nicht seltsam zu sein. Michl stolzierte herum, maß seinen neuen Besitz mit gierigen Augen. Als sie durch den Garten gingen, wo Ella ihm die Gemüsebeete und die Obstbäume zeigte, fiel sein Blick auf die junge Eiche.

"Die kommt weg", meinte er gleich. "In unserer Gegend gibt's keine Eichen, sowas wollen wir nicht." Ellas Vater nickte, ihm war es nur recht, denn ihm war der Baum unheimlich.

Ella konnte kaum an sich halten, doch sie beherrschte sich gerade lang genug, bis der Vater den zukünftigen Schwiegersohn zurück ins Dorf begleitete, um die Verlobung zu betrinken.

73

Da stürzte Ella zu ihrer Eiche und kniete weinend neben ihr nieder.

"Ach Eiche, was soll ich nur tun? Dieser furchtbare Michl will mich heiraten und dich fällen!" Ihre Tränen fielen auf die Wurzeln des Bäumchens. "Wie ich Vater kenne, wird er gleich beim Heimkommen die Axt holen, nur um dem Michl zu Gefallen zu sein." Da kam ihr eine Idee. "Ich werde dich ausgraben, noch bist du klein genug. Und dann gehen wir zurück in den Wald, zur großen Eiche. Ich lasse nicht zu, dass sie dich fällen."

Sie sprang auf, ihre Sachen zu holen. Doch sie drehte sich noch einmal um und drückte der Eiche einen Kuss auf den Stamm. Da fühlte sie, wie sich die Äste des Baumes um sie legten. Sie hatte ihre Lippen noch nicht von dem Stamm gelöst, da breitete sich ein gleißendes Licht über sie und den Baum, und es schien ihr tatsächlich, als läge sie in den Armen eines Mannes, nicht in den Ästen eines Baumes. Als das Licht verblasste, so dass sie wieder sehen konnte, da war die Eiche verschwunden und es hielt sie tatsächlich ein Jüngling umschlungen. Seine Augen hatten die Farbe von Eichenlaub im Frühling und sein Haar war braun wie Eicheln im Herbst, seine Haut an manchen Stellen rau wie Eichenrinde und sein Daumen ein wenig grün.

"Ich habe in deinen Geschichten das Leben der Menschen geschmeckt", sagte der Jüngling zärtlich, "und ich werde nicht zulassen, dass du unglücklich bist." Und um noch mehr vom Leben der Menschen zu schmecken, kostete er gleich einmal Ellas Lippen.

Als der Vater aus dem Dorf zurückkam, liefen ihm Ella und der Jüngling entgegen.

"Vater!", rief das Mädchen, "vergiss den Binder Michl, das hier ist der Mann, den ich liebe und den ich heiraten werde."

Der Vater betrachtete den jungen Mann von oben bis unten und er sah auch, mit welch liebevollen Blicken seine Tochter den Fremden bedachte.

"Ausschauen tut er ja nicht schlecht", gab er zu, "aber taugt er auch was? Wir brauchen einen Mann am Hof, der muss stark sein und sich auf Pflanzen verstehen, damit unser Obstgarten Ertrag abwirft. Liebe allein reicht da nicht."

Da musste Ella lachen. "Vater, der Hans ist stark wie eine Eiche, und auf Bäume versteht er sich, als wäre er einer von ihnen."

Und so heiratete Ella den Eichenhans. Und die Leute redeten noch immer über sie, denn ihr Hof hatte das schönste Obst weit und breit, und obwohl bekannt war, dass der Eichenhans keinen einzigen Baum fällte, versorgte der Wald ihn doch mit mehr als genug Brennholz für den Winter. Es musste wohl an seinem grünen Daumen liegen.

Demeter und Kore

Es war einmal vor langer Zeit an einem wunderschönen Frühlingstag, dass Kore, die Tochter der Göttin Demeter, mit ihren Freundinnen spazieren ging. Sie pflückten Blumen auf einer saftig grünen Wiese, auf der die Krokusse, Narzissen und Tulpen um die Wette blühten. Während sie fröhlich Lieder sangen, entdeckte Kore im Augenwinkel einen goldenen Glanz am Rande der Wiese. Irgendetwas schimmerte und glitzerte dort mit der Sonne um die Wette. Ohne dass die anderen es merkten, schlenderte Kore hinüber. Es war eine goldene Blume, schöner als Kore je eine Blume gesehen hatte. Ihre zarten Blütenblätter glichen feinster Goldschmiedearbeit und doch war dies eine lebendige Blume, kein totes Metall. Allein von dem Duft fühlte Kore sich leicht, beschwingt und glücklich. Auch wenn dies die einzige Blume dieser Art war, und es sich daher nicht gehörte, sie zu pflücken, konnte Kore nicht widerstehen.

Im selben Moment, da sie die Blume brach, ertönte ein donnerhaftes Grollen und die Erde unter ihren Füßen bebte. Kore fiel zu Boden. Als alles wieder still war, hatte sich direkt vor ihr ein tiefer Spalt in der Erde aufgetan. Wie ein Tunnel schien er in das Herz der Erde zu führen, ein eigenartiger Glanz drang daraus hervor.

Kore war von Natur aus ein neugieriges Mädchen und sie hatte sich schon immer gefragt, wo die Tulpenzwiebeln den Winter verbrachten und ob die

Baumwurzeln sich unter der Erde umarmten. Sie wusste, dass ihre Mutter, die Göttin der Fruchtbarkeit, es nicht gutheißen würde, wenn sie diesen Spalt genauer erkundete, aber die Verlockung war zu groß. Kore warf einen letzten Blick zurück zu ihren Freundinnen, die ihre Abwesenheit noch nicht bemerkt hatten. Sie würde nur ganz kurz da hineinkriechen, nur einen kurzen Blick auf die Geheimnisse der Tiefe werfen. Ihre Mutter würde es nie wissen.

Zuerst war der Weg breit und leicht zu gehen, die Sonne schien noch tief hinein. Das seltsame Leuchten in der Tiefe zog Kore lockend weiter. Der Tunnel wurde immer enger und immer dunkler, und doch konnte sie sich nicht dazu bringen, umzudrehen. Bald musste sie den Kopf einziehen, bald auf den Knien weiterkriechen. Immer noch lockte sie das seltsame Licht. Nur noch ein kleines Stückchen weiter wollte sie gehen, dann würde sie umkehren, ganz gewiss, damit ihre Mutter sich keine Sorgen machte. Doch nach dem kleinen Stückchen weiter blieb sie stecken. Der Tunnel war inzwischen so dunkel geworden, dass Kore nicht gemerkt hatte, dass die Wände ihr keinen Platz mehr ließen, umzudrehen. Im nächsten Moment steckten ihre Hüften zwischen den Felswänden fest und sie konnte weder vor noch zurück. Nun bereute sie es, ihrer Neugier nachgegeben zu haben. Wie gerne wäre sie nun oben, auf der Wiese, bei den Blumen und der Sonne, statt hier in der absoluten Finsternis. Kore seufzte. So war das hier wohl ihr Ende. In dem Moment jedoch, wo sie sich mit ihrem Schicksal abfand, öffnete sich der Boden unter ihr und sie stürzte in die Tiefe, gewiss, in tausend Teile zu zerschmettern. Doch Kore landete sanft, wie auf Federn, im Herzen der Unterwelt.

Als an jenem Abend Kores Freundinnen ohne sie von der Wiese zurückkamen, machte sich ihre Mutter Demeter große Sorgen. Keine der Freundinnen wusste, wohin Kore verschwunden war. Eben war sie noch da gewesen und im nächsten Moment – weg.

Demeter machte sich auf die Suche nach ihrer Tochter. Sie suchte und suchte, tagelang, nächtelang. Sie fragte jeden, der ihr begegnete, ob er Kore, das Frühlingsmädchen, gesehen hätte, doch niemand hatte eine Ahnung, wo sie sein könnte. So wanderte Demeter immer weiter auf der Suche nach ihrem Kind, voll Sorge und Traurigkeit. Sie wurde magerer und magerer und die einst so blühende Göttin glich nun einem alten Weib. Als es Herbst wurde, sank Demeter erschöpft nieder. Wo mochte nur ihre Tochter sein?

Plötzlich packte sie eine ungeheure Wut. "Ich bin Demeter! Die Göttin der Fruchtbarkeit, die Spenderin des Lebens, ich bin es, die alles wachsen lässt! Ich sollte nicht so leiden müssen!" Und da sie nicht wusste, auf wen sie wütend sein sollte, richtete sich ihre Wut gegen alles und jeden. "Genug!", schrie sie, "Genug! Solange ich meine geliebte Tochter nicht wieder in meinen Armen halte, soll nichts mehr wachsen! Kein Samen soll sprießen, kein Korn reifen, kein Nachwuchs geboren werden! Nichts, bis die ganze Welt so tot und leer ist, wie ich mich fühle!"

Und so geschah es. Alles welkte und starb, die Menschen hungerten und es gab keine Freude mehr auf der Welt.

In der Unterwelt war es düster. Die Geister der Toten umschwirrten Kore und flüsterten ihr ins Ohr: "Hilf uns! Uns ist so kalt, wir sind so einsam und grau! Du bist voller Licht und Leben, voller Erinnerung an die helle Sonne!"

Doch Kore ignorierte sie. Wie sollte sie ihnen helfen, wo sie doch selbst verloren war? Warum war sie nur in diesen Spalt geklettert? Ach, wie sehnte sie sich nach ihrer Mutter und dem Sonnenschein!

Endlich kam Kore in eine riesige Halle. Dort entdeckte sie einen mächtigen Thron, auf dem saß ein großer, dunkler Mann, ganz in Schwarz gekleidet und sehr attraktiv. Hades, der Gott der Unterwelt, Kores Cousin.

Sobald Hades Kore sah, verliebte er sich in sie. Sie war so voller Licht und Leben, dass er sie einfach in seine Arme nehmen wollte. Deshalb weigerte er sich auch, ihr zu helfen, wieder ans Tageslicht zu kommen. Im Gegenteil, er wollte sie für immer hier behalten und zu seiner Frau machen. Er bot ihr all die Diamanten und Edelsteine, die in großer Zahl in seinem Reich vorhanden waren, doch Kore machte sich nichts aus Schmuck. Sie wollte nur zurück ans Licht, wo Dinge wuchsen und lebten. Sie war so traurig, dass sie nichts essen und trinken wollte.

In der Oberwelt hatte es keine Ernte gegeben. Demeter saß nach wie vor trauernd auf einem Stein, so abgemagert und gealtert, dass niemand in ihr die Göttin erkannte. Hungersnöte überzogen das Land. Tiere und Menschen starben. Schließlich sahen auch die Götter im Olymp ein, dass es so nicht weitergehen konnte – wer sollte ihnen Opfer bringen, wenn alle Menschen verhungerten?

Zeus rief die anderen Götter zusammen. "Wir müssen etwas unternehmen. Demeter muss wieder Fruchtbarkeit ins Land bringen, oder selbst wir hier werden verhungern."

"Nun", sagte Hekate, Kores Großmutter, "Demeter kann sehr stur sein. Solange sie nicht ihre Tochter Kore wieder hat, wird sie keinen Finger rühren."

"Und wo ist Kore? Irgendwer muss es doch wissen!"

"Ich weiß es", sagte Helios, der Sonnengott, "Ich sehe alles, und ich habe gesehen, wie sie in die Unterwelt gegangen ist."

"Das hättest du auch schon früher sagen können!", schimpfte Hekate und gab Helios eine Kopfnuss. "Dann hättest du Demeter, den Menschen und uns viel Leid erspart!"

Zeus schüttelte sorgenvoll den Kopf. "Die Unterwelt, das ist eine ernste Sache. Niemand ist je von dort zurückgekehrt."

"Dann müssen alle sterben." Helios rieb sich den Kopf und sein Blick traf Hekate, als meine er sie persönlich.

Zeus ignorierte es. "Ich bin der Göttervater, ich werde eine Ausnahmeregel erlassen. Solange Kore keinerlei Essen in der Unterwelt zu sich genommen hat, darf sie zurückkehren."

"Bitte, iss doch etwas!", bettelte Hades. Kore war bereits ganz blass und dünn geworden, doch schien sie ihm immer noch schöner als je eine Frau zuvor.

Kore schüttelte nur den Kopf.

Hades führte sie durch sein Reich, er zeigt ihr all seine Schätze. Er umgarnte sie, legte ihr seinen Mantel um, als sie fröstelte. Er war so nett und fürsorglich, so attraktiv, dass Kore anfing, ihn zu mögen.

"Bitte iss etwas", sagte Hades, "Ich mache mir Sorgen um dich."

Und er hielt ihr eine Handvoll Granatapfelkerne hin. Sie leuchteten so warm und tröstlich in der Dunkelheit, dass Kores Magen zu knurren begann. Wenn sie wirklich nicht in die Oberwelt zurück konnte, dann sollte sie wohl das Beste aus ihrem Leben hier machen. Sie nahm ein paar der Kerne und steckte sie in ihren Mund. Der süße Saft erfrischte sie und augenblicklich veränderte sich alles.

Die Schatten wurden lebendig. Sie waren die Erinnerungen an alles, was je auf Erden geschehen war, aber auch die Bilder dessen, was noch nicht gewesen ist, die Möglichkeiten des Wachstums und der Veränderung. Die Toten und die Ungeborenen tanzten zusammen, und aus ihrem wilden Wirbeln wurde neues Leben geboren.

Kore war plötzlich von Freude und einem Gefühl der Macht erfüllt, wie sie es noch nie gekannt hatte. Sie tanzte mit den Schatten, wirbelte durch die Unterwelt, wild und ausgelassen. Vom Tod zur Wiedergeburt und zurück.

"Hier kommt alles Leben her!", rief Kore begeistert, "Hier ruhen die Tulpenzwiebel, hier wird alles geboren! Und ich bin die Königin dieses Reichs! Nicht mehr Kore, Demeters Tochter, sondern Persephone, Königin der Toten!" Und sie umarmte Hades und küsste ihn.

Zeus seufzte. "Sie hat das Essen der Toten gegessen, was machen wir jetzt? Wer wird uns Opfer bringen, wenn die Welt verhungert, weil Demeter keinen Finger rührt?"

Hekate dachte nach. "Kore ist nun nicht mehr das Kind, um das Demeter trauert. Sie ist Königin ihres eigenen Reichs. Dennoch gehört sie weder völlig in die Unterwelt, noch völlig in die Oberwelt. Wir werden einen Handel mit Hades eingehen. Persephone soll die Brücke zwischen den Welten sein, sie soll den Toten den Weg zur Wiedergeburt zeigen und die Lebenden an den Tod gemahnen, dass sie ihr Leben in vollen Zügen genießen."

Zeus nickte, die Idee gefiel ihm. Und so verfügte er mit seiner mächtigen Stimme: "Für jeden Granatapfelkern, den sie gegessen hat, soll sie jedes Jahr einen Monat in der Unterwelt verbringen, dann ist auch Hades nicht einsam. In jener Zeit wird das Land kahl und leblos sein. Doch nach dieser Zeit, wenn Persephone an die Oberwelt zurückkehrt, soll alles wieder zu Leben erwachen, denn dann wird ihre Mutter vor Freude wieder für Fruchtbarkeit sorgen."

Und so geschah es. Im Frühjahr tanzen Persephone und ihre Mutter Demeter vor Freude über ihr Wiedersehen über die Wiesen, und wo immer ihre Füße auftreffen, wachsen die schönsten Blumen. Im Herbst jedoch, wenn Persephone zu ihrem Gatten in die Unterwelt hinabsteigt, verhüllt Demeter ihr Haupt in Trauer und das Leben ruht, bis ihre Tochter wiederkehrt.

Von Marion Wiesler ebenfalls erschienen:

Lumpenkind und Silberbaum
Geschichten der keltischen Tradition
ISBN 978-3739236032

ᘒᘓ

Culm 27 v. Chr.
Schicksalsjahr der Kelten
Roman
ISBN 978-3739207841

27 v. Chr. am Culm, dem steirischen Schicksalsberg unzähliger Generationen. Die Kelten Ardudunums blicken auf dreißig Jahre des Friedens zurück. Doch ein dunkles Omen beim Beltanefest verändert das Dorf. Trotz drohender Vorzeichen möchte der alte Fürst seine Macht nicht abgeben. Ungewöhnliche Verbündete und mächtige Gegner warten auf den Druidenschüler Gair im Kampf um sein Leben, seine Liebe und die Zukunft Ardudunums.

ᘒᘓ

Vorankündigung:

Band zwei der Geschichte des Schicksalsbergs
Chulm anno domini 1349
Das Jahr der Pest
erscheint im Herbst 2016

Die Pest hat die Gegend rund um den Chulm fest im Griff. Das Einzige, das zählt, ist überleben.